www.tredition.de

AF202542

Kathrin Hamel, 1971 in Berlin geboren, lebt heute in Magdeburg. Seit 2003 verschiedene Literaturpreise, unter anderem Preisträgerin bei der Preisfrage der Jungen Akademie an der Berlin-Brandenburgischen Akademie der Wissenschaften und der Deutschen Akademie der Naturforscher Leopoldina 2008 sowie beim Dillinger Literaturpreis 2003. Zahlreiche Publikationen in Zeitschriften und Anthologien. 2015 Veröffentlichung des Erzählbandes „Erde".

Kathrin Hamel

Der letzte Tanzbär

www.tredition.de

© 2019 Kathrin Hamel

Verlag und Druck: tredition GmbH, Hamburg

ISBN
Paperback: 978-3-7482-1468-7
Hardcover: 978-3-7482-1469-4
e-Book: 978-3-7482-1470-0

Umschlagfoto: euthymia - stock.adobe.com

Die Geschichten „Die Suche nach Karthago" und „Auf dem
Grat" erschienen erstmalig auf www.smartstorys.at.

Inhalt

Der letzte Tanzbär

Und wo wohnen Sie?, fragt die Frau im Amt. Beim Zirkus, antwortet der Mann, und senkt den Blick, im Moment jedenfalls. Da weiß sie Bescheid.

Ich sitze vor dem Zelt und trinke noch ein Bier. Vier Stunden habe ich jetzt in den Ställen geschuftet. Sie bringen regelmäßig Bier und manchmal Schnaps, und vorhin hat eine der Russinnen sogar Stullen geschmiert. Wie eine Familie leben sie hier: die Russinnen mit ihren biegsamen Körpern, der Typ mit der roten Nase aus Sachsen, Diego aus Tschechien, die dicke Frau mit den Ponys. Die Sensation ist der Tanzbär.

Den Tanzbären will der Chef selbst vorführen. Über 300 Kilo wiege der Bär, hat mir Diego erklärt. Auch der Bär bekommt Schnaps. Und Weißbrot, ein paar getrocknete Maiskolben, ein bisschen Zucker. Mager kauert er in seinem Käfig inmitten seiner Scheiße. Seine Kette ist kaum länger als zwei Meter. Keine Ahnung, wie der

Chef den Leuten *den* vorführen will. Ich drehe mich weg.

Was sitzt du hier rum, schreit der Chef mich an, füttere ich dich vielleicht dazu durch?, und scheucht mich hoch. Ich springe auf, stolpere ein bisschen, stehe dann halbwegs sicher auf den Beinen und greife nach den Handzetteln, die er mir entgegenstreckt.

Am Marktplatz stehen sie wieder, traurige Gestalten mit ungepflegten Tieren. Ein Pappschild haben sie aufgestellt: Wer Tier liebt, der gerne gibt. Eine dicke Frau hält mit einer Hand zwei Ponys am Strick, in der anderen schüttelt sie eine Sammelbüchse, in der ein paar Geldstücke klimpern. Struppige Strähnen hängen den Ponys über die Augen. Daneben ein Typ mit Handzetteln. Die Frau vom Amt will zügig daran vorbeigehen. Da erkennt sie den Mann, der neulich bei ihr war, und greift doch einen der Zettel. Kidnapping, denkt sie, reines Kidnapping ist das.

Auf den Zetteln, die ich verteile, ist der Tanzbär angekündigt: Der letzte Tanzbär. Eine Attraktion, einzigartig in Europa.

Am Montag fährt mich der Chef zum Amt. Wer keinen festen Wohnsitz hat, bekommt seinen Scheck einmal in der Woche. Ich bin wieder bei der netten Frau dran. Gefällt es Ihnen denn beim Zirkus?, fragt sie mich.

Er ist schmutzig und riecht nach Mist und Bier. Etwas von Familie murmelt er, als sie ihn nach dem Zirkus fragt. Schöne Familie, denkt die Frau vom Amt. Sammelt die Obdachlosen von der Straße auf, gibt ihnen eine Matratze im Stall bei den Tieren, versorgt sie mit Alkohol und ein bisschen Essen. Und lässt sie schuften wie Sklaven. Zögernd reicht die Frau dem Mann den Scheck. Bestimmt warten die Leute vom Zirkus unten, denkt sie. Fahren ihn in die Kreisstadt zur Bank, nehmen das bisschen Geld. Ich kann nichts machen, denkt sie, er müsste wenigstens wollen.

Ich lehne mich an die Wand und lasse mich langsam auf den Boden rutschen. Sitze ganz nah bei Diego, Schulter an Schulter fast, schon leicht benebelt vom Bier. Die Russin hat uns wieder Stullen gebracht. Ich fühle mich aufgehoben, wohlig und warm.

Samstag ist Premiere, sagt Diego, und steht auf, fünf Tage noch, dann wird auch der Tanzbär vorgeführt. Der Bär liegt in seinem Käfig und füllt diesen fast aus. Er nagt pausenlos an seiner Pfote. Aus einer Schüssel wirft Diego dem Bären Weißbrotwürfel zu und ein paar Wurzeln und Gras. Müsste der nicht was Richtiges fressen?, frage ich, Obst und Nüsse oder so, Fleisch vielleicht?

Fleisch, lacht Diego, der hat doch gar keine Zähne mehr. Solche Bären sind Wildfänge, erklärt er, die kommen aus dem Balkan oder aus Russland. Im Frühjahr ziehen die Wilderer los und jagen Bärenmütter mit Nachwuchs. Ganz klein sind die Jungen dann noch, drei, vier Monate alt. Die Bärinnen werden erschossen. Den Kleinen stößt man eine dicke, glühende Eisennadel durch die Nase. Für den Nasenring, sagt Diego, und deutet auf den Bären. Mir wird schlecht. Und die Zähne, lacht er höhnisch, die Zähne werden den Bären gezogen, noch bevor sie ein Jahr alt sind. Du kannst ihm ja Beeren kaufen, spottet er, oder Pilze. Von deinem Geld vom Amt vielleicht? Welches Geld?, denke ich, welches Geld.

Möchten Sie ein Programmheft mitnehmen?, spricht der Mann sie von der Seite an. Fast hätte sie ihn nicht erkannt in seinem blauen Glitzeranzug. Verblüfft kramt sie vier Mark aus ihrem Portmonee und gibt sie ihm. Kinder drängen aufgeregt an den Händen ihrer Eltern oder Großeltern in das Zelt, schieben und drücken und reißen die Frau vom Amt mit sich. Widerstrebend lässt sie sich in den Bann ziehen von der Zirkusmusik, vom Geruch nach Sägespänen, Popcorn und Pferdeäpfeln. Der Duft ruft Kindheitserinnerungen wach.

Durch den Spalt im Vorhang folgen wir der Vorstellung. Volles Haus. Gespannte, erhitzte Gesichter. Der Tanzbär wird angekündigt. Ich spüre die Anspannung, die in der Luft liegt. Nur noch wenige Sekunden. Dann betreten der Chef und der Bär die Manege. Eisenketten verbinden sie, für Abstand sorgt eine Stange. Gefesselt durch seinen Nasenring, beginnt der Bär zu tanzen. Hebt und senkt die Pfoten, dreht sich zur schrägen Musik des Akkordeons.

Sich Tiere anzuschauen, die auf einem Bein stehen oder durch brennende Reifen springen, ist der Frau vom Amt eigentlich zuwider. Und jetzt noch der Bär. Sie hatte gar nicht gewusst, dass es Tanzbären in Europa noch gibt. Warum nur ist sie hergekommen? Der Mann geht ihr nicht aus dem Kopf. Kidnapping, denkt sie wieder, Kidnapping ist das.

Akkordeon und Trommeln sind hinter der Kulisse nur gedämpft zu hören. In der Zirkuskuppel tanzen die bunten Lichtkegel. Schau, sagt Diego, ein kurzer Ruck mit der Eisenkette, ein kleiner Druck mit der Führungsstange, und der Bär fühlt heftigsten Schmerz an seiner empfindlichen Nase.

Abgestoßen und fasziniert zugleich, haftet ihr Blick an dem Bären. Das riesige Tier folgt den Ketten, dreht sich um die eigene Achse. Bewegt sich im Takt der Musik. Tanzt.

Von Kindheit an lernen sie zu tanzen, fährt Diego fort. Auf heißen Eisenplatten stehen sie und heben ihre Tatzen, um sie zu schützen. Immer dieselbe Musik spielt dabei. Und irgendwann, sagt Diego, irgendwann haben die Bären dann solche Angst, dass sie die Pfoten heben sobald sie diese Musik hören. Versuchen, der Hitze zu entrinnen, auch wenn gar keine Platte mehr unter ihren Pfoten ist. Tanzen. Mit einem einzigen Prankenhieb, zischt Diego, mit einem einzigen Hieb, könnte der Bär den Chef durch die Luft schleudern. Doch sein Nasenring macht ihn zum Sklaven. Und das schaust du dir an?, frage ich, Tag für Tag, und Tränen schießen mir in die Augen. Diego zuckt mit den Achseln.

Noch jemand zur Tierschau?, ruft der Mann, nicht mehr so schwungvoll wie vorhin. Halblaut nur noch, zur Tierschau?, zur Tierschau?, wiederholt er monoton und kassiert zehn Mark von jedem, der hinter die Kulissen schauen möchte. Die Frau vom Amt hat genug. Bis Montag, sagt sie zu dem Mann. Wenn Sie hier raus wollen, flüstert sie, helfe ich Ihnen.

Ich sitze mit Diego im Stall. Nach der Vorstellung gab es Schnaps für alle. Auch der Bär bekam einen kräftigen Schluck. Kommt nicht mehr drauf an, lallt Diego, hast du gesehen, was die Leute unseren Tieren alles ins Maul stecken durften, schöne Tierschau.

Ich kann nicht schlafen. Träume von einer Bärenjagd. Sie jagen mich. Ich jage sie. Auf einmal sitze ich auf einem toten Bären, spüre das weiche, noch warme Fell unter mir. Es ist nicht nur warm, es wird heiß, es brennt. Das Feuer lockt weitere Bären an. Etwas stößt mich, unsanft, noch einmal, halt deinen Mund, nehme ich Diegos Stimme war, gleite zurück in den Stall, schweißgebadet. Weine mich wieder in den Schlaf.

Am Montag steht er wieder vor der Tür. Schlecht sieht er aus. Jetzt ist er soweit, denkt sie, jetzt will er weg. Er tut ihr leid. Das ist nicht so ein Schlimmer, denkt sie, so ein richtiger Alki, sie kennt ihre Kunden. Am liebsten hätte sie ihm eine Stulle gegeben. So kennt sie es von ihrer Zeit als Au-pair, eine Stulle und Tee hatte man ihr damals in England angeboten, und sie fühlte sich nicht mehr so einsam. Warten Sie, sagt sie stattdessen, warten Sie, und greift zum Telefon.

Ich rutsche auf meinem Stuhl hin und her. Das dauert zu lange, viel zu lange dauert das, der Chef wird sauer sein. Endlich legt die Frau den Hörer auf. Ich habe etwas, verkündet sie triumphierend, einer ist gestorben, so ein ganz Ordentlicher. Sie müssen nicht mal neue Möbel kaufen, das kann alles drinbleiben. Nächste Woche können Sie rein.

Undankbarer Kerl, schreit der Chef, als ich meine paar Sachen zusammenpacke. Lässt sich hier durchfüttern und haut dann einfach ab. Zwei Wochen sind wir noch hier, so lange bleibst du gefälligst. Das war ausgemacht. Hastig packe ich, schneller als meine Hände die Kleidung falten können, stopfe die letzten Teile in die Tasche und lasse ihn stehen. Gehe an Diego vorbei, der mir zunickt. Werfe einen letzten Blick auf den Bären, den Käfig, den Dreck. Und fange an zu rennen. An der Straße wartet die nette Frau. Sie hatte angeboten, mich in ein Obdachlosenheim zu fahren als Übergang für die eine Woche.

Eine Woche, weiß die Frau vom Amt, wenn er diese eine Woche durchhält, schafft er es. Das ist nicht so ein ganz Schlimmer, denkt sie wieder, dem kann man vielleicht helfen.

Das breite graue Tor ist weit geöffnet. Ein paar Bänke und Tische stehen vor dem Gebäude und einige Männer sitzen dort und rauchen. Bleiben Sie trocken, verabschiedet sich die Frau vom Amt von mir. In einer Woche hole ich Sie wieder ab, dann können Sie in die Wohnung.

Fünf Minuten über die Zeit, zehn, das akademische Viertel. Die Frau vom Amt geht in das Gebäude. Er ist fort, sagt die Leiterin, zwei Tage schon. Saß am Morgen einfach nicht beim Frühstück. Wir können sie nicht aufhalten, fügt sie bedauernd hinzu, sie müssen schon wollen. Die Frau vom Amt nickt, nickt und denkt, ich muss aufhören damit.

Am Marktplatz stehen sie wieder, die traurigen Gestalten mit ihren ungepflegten Tieren. Auch der Mann ist dabei. Er sieht sie an. Es ist nicht, wie Sie denken, sagt er. Kommen Sie heute Abend, Sie werden sehen.

Der Tanzbär wird angekündigt. Anspannung liegt in der Luft. Akkordeon und Trommeln setzen ein. Nur noch wenige Sekunden. Aufgelöst stürmt der Direktor in die Manege. Allein. Er ringt um Fassung. Der Bär, stammelt er, der Bär.

Schüsse. Drei-, vier-, fünfmal knallt es. Panisch stürmen die Zuschauer aus dem Zelt. Da liegt der Tanzbär, blutend, erschossen. Niedergestreckt von zwei Polizisten. Der Mann wird in Handschellen abgeführt. Und lächelt ins Leere.

Schlamm

Schräg gegenüber sitzt ein Paar. Beide sind ganz jung. Studenten vielleicht oder noch Schüler. Er erzählt enthusiastisch über irgendeine Fernsehsendung, die er gestern gesehen hat. Spricht von Schimmel und Plastik und Leberwurst. Und davon, warum die Plastikdose nicht schimmeln kann. Sie antwortet nicht, sieht ihn nur entgeistert an. Dann schweigen sie beide. Ich glaube nicht, dass es gut geht mit ihnen.

Bei mir ist es auch nicht gut gegangen. Nur, dass man bei der eigenen Beziehung blind ist. Nicht sieht, jahrelang, was für die anderen längst offensichtlich ist. Nicht sehen will. Geblieben ist mir Lena. Lena, die Süße, die die Leute auf der Straße manchmal für meine kleine Schwester halten. Die so arglos ist, dass sie mit ihren kleinen Händen nach jedem Hund patscht. So hinreißend, dass jeder zurückstrahlt, dem sie ihr Lächeln schenkt.

Und Lena, die unverrückbar in meinem Lebenslauf steht. Manchmal habe ich sie unerwähnt gelassen. Doch spätestens beim Vorstellungsgespräch kommt die Frage nach den Kindern. Und dann nach dem Mann. Einmal habe ich mich getraut nachzufragen. Als wieder ein dicker, großer Umschlag zurückkam statt des erhofften kleinen mit der Einladung zum zweiten Gespräch. Der Geschäftsführer war ehrlich. Eine Alleinstehende mit kleinem Kind, das könne er nicht riskieren. Er hätte selber zwei Kinder. Und wisse, wie oft die krank sind.

Der Mann vom Arbeitsamt war stolz, als er eine Arbeit für mich gefunden hatte. Dass ich seine Begeisterung nicht teilte, verstand er nicht. Noch nicht mal artfremd, junge Frau, andere verkaufen auf dem Markt oder kellnern, neulich habe ich eine Ingenieurin in eine Arztpraxis vermittelt. Wasserwirtschaft haben Sie studiert? Dann sind Sie da doch genau richtig. So kam ich zur Kläranlage.

Die Kläranlage lag etwas abseits vom Dorf. Sie zu finden, war nicht schwierig. Vom Bahnhof aus immer der Nase nach. Ich hatte nicht geahnt, dass es vier Jahre nach der Wende noch solche Anlagen gibt. Nur mechanische Reinigung. Ein einziger Rechen, ein Sandfang, alles im Freien. In zwei riesigen Absatzbecken stank das Wasser vor sich hin. Der Chef hat mir meinen Ekel angesehen. Sie machen sich wohl nicht gern die Hände schmutzig?, grinste er. Ich antwortete ihm, dass ich keine Anlage erwartet hätte ohne biologische Stufe. Und zumindest im Winter weniger Gestank, Rechenanlagen in der Halle. Sein Grinsen fiel zusammen. Sie fangen als Hilfskraft hier an, hat man Ihnen das nicht gesagt, kluge Ratschläge brauchen wir nicht.

Und so blieb es. Sie ließen mich das Unkraut zwischen den Pflastersteinen wegkratzen. Und die Wege fegen. Zweimal am Tag durfte ich Proben nehmen von Zu- und Ablauf. Bis ich fragte, warum das Wasser dreckiger rauskommt als es reinfließt. Du hast uns gerade noch gefehlt, sagten sie, und nahmen die Proben wieder selbst.

Fast alle dort waren Frauen. Große, dicke Frauen, die in ihrem kleinen Maschinistenkabuff in bunten Illustrierten blätterten und Kaffee tranken und rauchten. Alle paar Stunden drehten sie den Schalter um, der die Schildräumer in den Absatzbecken in Bewegung versetzt. Der ganze Dreck im Wasser hatte inzwischen Zeit gehabt, sich am Boden abzusetzen. Sich zu einer zähen, stinkenden Schlammschicht zu vereinigen. Ganz, ganz langsam wälzte das Bodenschild die Masse nach vorn. An der Oberfläche sammelte sich alles, was leichter ist als Wasser. Die aufgeblähten Körper ersoffener Ratten zum Beispiel und unzählige Kondome. Alles schob der Räumer unaufhaltsam nach vorn.

Die Frauen redeten kaum mit mir, ich passte nicht richtig in ihren Kreis. Zu jung, zu dünn. Zu anders. Die aus der Stadt, sagten sie. Dabei ist der Ort, aus dem ich jeden Morgen mit der Bahn komme, gar nicht so groß. Sie geht mit dem Jauchefahrer, sagten sie. Dabei redeten wir nur.

Ich habe gern geredet mit Fred. Er war das Einzige in der Kläranlage, das gut roch. Er schritt mit seinen schmutzigen Klamotten, mit verkrusteten Stiefeln hübsch und strahlend durch diesen Dreck. Und roch so gut. Ich dagegen bildete mir ständig ein, den Gestank mit nach Hause zu nehmen. Obwohl es in der Kläranlage Duschen gab und eine Schleuse und die dreckigen Sachen dort blieben, hatte ich abends noch das Gefühl, dass der Geruch nach faulen

Eiern an mir haftet. Ich habe ständig damit gerechnet, dass Lena sagt, Mama du stinkst.

Im Frühjahr hat Fred mir die Milane gezeigt. Ihr rotbraunes Gefieder schimmerte wunderschön, wenn die Sonnenstrahlen sich darin fingen. Kannst du dir vorstellen, dass die fast dreißig Jahre alt werden, hat Fred gefragt. Und dann kreisen die den ganzen Tag über der Kläranlage?, entgegnete ich, was wollen die denn hier? Ratten, antwortete er.

Wenn schlechtes Wetter war oder sie keine Lust dazu hatten, haben die Frauen mich allein rausgeschickt zum Sandfangreinigen. Einmal pro Woche spritzten wir ihn aus mit einem Feuerwehrschlauch. Aus dem Fenster des Kabuffs haben sie zugesehen, wie der Schlauch mit mir hin- und hergezappelt ist. Und gelacht haben sie.

Mach dir nichts daraus, hat Fred gesagt. Du bist hübsch und jung und klug, sie sind nur neidisch. Und was habe ich davon?, habe ich ihn angeschrien. Geh doch rüber, sagte er, du findest bessere Arbeit als diese. Drüben.

Drüben, habe ich gesagt, drüben haben sie nicht mal Ganztagskrippen. Und ihm von Lena erzählt und von meinem Tag. Einem ganz normalen Tag. Wenn wir gefrühstückt haben, setze ich sie in den Fahrradsitz und fahre zur Krippe. Meist sind wir die ersten. Beim Verabschieden klammert sie sich an mir fest, und ich muss ihre Fingerchen einzeln vom Stoff meiner Hose lösen. Weiter zum Bahnhof. Manchmal, wenn meine S-Bahn Verspätung hat, sehe ich den IC, der einmal am Tag bei uns hält, am anderen Gleis. Und in die Gegenrichtung fährt, nach Berlin. Ich stelle mir vor, dass ich dort einsteige und alles hinter mir lasse. Irgendwo hinfliege. Von vorn anfange. Wo es warm ist und sauber und ganz normal nach Frühling duftet. Dann kommt die S-Bahn. Ich hebe mein Fahrrad hinein, steige ein und fahre die halbe Stunde. Danach noch das Stück zur Kläranlage mit dem Rad.

Wenn die Bahn nicht pünktlich kommt, schaffe ich es abends nicht rechtzeitig in die Krippe. Dann sind die Erzieherinnen genervt, weil sie Feierabend machen wollen. Und ich hoffe, dass sie ihren Ärger nicht an Lena auslassen. Da hat er nichts mehr gesagt.

Einmal kamen Leute von der Zeitung. Fotografierten die Becken, die Wiesen und ein paar von den Pumpen, die wir am Vortag gewienert hatten. Mein Chef wurde ausgezeichnet. Die Kläranlage wäre der frauenfreundlichste Betrieb der Region. Die Frauen waren ganz aufgeregt und wetteiferten darum, interviewt und fotografiert zu werden.

So ein Schleimer, hat Fred gesagt, der stellt doch nur Frauen ein, die über ein Jahr arbeitslos sind, weil das Amt sich dann an den Löhnen beteiligt. Ich bin auch so eine gewesen, habe ich gesagt. Langzeitarbeitslos mit 25.

Ich habe keine Bewerbungen mehr verschickt. Keine Zeit. Ich war abends immer froh, wenn ich Lena abgeholt und uns Essen bereitet und ein bisschen aufgeräumt hatte. Wenn ich endlich ins Bett fallen konnte und schlafen. Traumlos.

Zieh dir mal Gummistiefel an, haben die Frauen gestern gesagt. Mir den Spaten in die Hand gedrückt. Und mich in eines der Absatzbecken geschickt. Die Schildräumer standen still, das Becken war leer. Leer bis auf den Rückstand vorne im Becken, der sich festgesetzt hatte. Übelriechender Schlamm, der so zäh war, dass die Pumpen ihn nicht absaugen und der Schlammbehandlung zuleiten konnten. Grauschwarze Masse, dazwischen Stofffetzen und vermoderndes Holz. Grünschillernde Fliegen, die ich aufgescheucht hatte, eine aufgedunsene, tote Ratte. Mechanisch wühlte ich mich mit dem Spaten durch den Schlamm. Fühlte mich besudelt, fühlte den Gestank der dreckigen Masse auf mich übergehen.

Später saß ich mit Fred auf dem Beckenrand, und er sah frisch und strahlend aus wie immer. Und roch so gut. Ich gehe weg von hier, hat er gesagt. In zwei Wochen. Nach drüben. Ich wollte es dir erst sagen, wenn ich die Stelle sicher habe. Plötzlich war mir übel. Ich übergab mich in das leere Becken.

Heute Morgen hatte die S-Bahn wieder Verspätung. Der IC ist eingefahren für seinen Drei-Minuten-Halt. Der Schaffner hatte schon die Kelle gehoben, als ich losgelaufen bin. Eingestiegen. Hingesetzt. Dem jungen Paar gegenüber, das jetzt schweigt.

Kakao

Zärtlich nimmt Marie den roten Mann in die Hand. Er blinzelt ihr zu. Unter dem weißen Bart lächelt er gütig. Vorsichtig entfernt sie das bunte, glitzernde Papier. Darunter ist der Mann immer noch schön. Man kann sein Gesicht, seinen Bart, seinen Körper gut erkennen. Er glänzt braun und riecht so appetitlich. Marie knabbert vorsichtig an seinem Leib, mmh, lecker. Sie bricht ein kleines Stück von der Mütze ab. Zart schmilzt die Schokolade auf ihrer Zunge. Dann hält sie es nicht mehr aus, und beißt mitten hinein. Der Kopf ist ab. Autsch, ruft Marie, und in ihrem Gesicht spiegelt sich Schmerz, ich habe mir auf die Zunge gebissen. In die süße Schokoladencreme mischen sich Spuren von Blut. Es schmeckt metallisch. Iiieeeh!, schreit Marie, ich blute. Tröstend nimmt ihre Mutter sie in den Arm.

Du sehnst dich nach deiner Mutter. Nach deinen Geschwistern, deinem Dorf. Der Mann, der deinem Vater Geldscheine zusteckte, hat dich hier abgesetzt. Ein Fahrrad solltest du bekommen, hatte der Mann gesagt. Freiwillig bist du zu ihm aufs Motorrad gestiegen. Nun sitzt du hier an der Busstation und fühlst dich verloren. Heute früh noch warst du zuversichtlich, fest entschlossen, Geld zu verdienen und es deinen Eltern zu schicken. Reich werden kann man in Abidjan, hatten alle gesagt.

Plötzlich kommen weitere Motorräder. Jungen steigen ab, in deinem Alter. Männer schieben sie hektisch zu einem gelben Bus, stoßen sie hinein. Dann ist auch dein Fahrer wieder da. Ruft dir etwas zu, beeilen sollst du dich, und zieht dich hastig zum Bus.

Mehrere Stunden fahrt ihr. Braun-grüne Ödnis draußen, stickig-warm die Luft im Bus. Das Schaukeln wiegt dich in den Schlaf. Rufe wecken dich, mit dem Strom der anderen Jungen treibst du aus dem Bus. Einen Moment lang steht ihr irritiert herum. Ihr seid in Zégoua, heißt es, ganz nah an der Grenze schon. Einige Jungs laufen fort. Motorräder folgen ihnen, lesen sie auf. Auch du findest dich auf dem Rücksitz eines Motorrads wieder. Über Buschpisten verlasst ihr euer Heimatland, auf Pfaden, so schmal, dass euch kein Auto folgen kann. Hinter der Grenze, schon in der Elfenbeinküste, steigt ihr wieder in einen Bus.

In Korhogo sperrt man euch Jungs am Buschtaxibahnhof in Lagerräume. Am Abend kommen Männer und holen euch ab. Durch die Nacht fahrt ihr, stundenlang, und du verlierst endgültig das Gefühl dafür, wo du bist. Noch schlaftrunken bist du, als der Fahrer dich morgens aussteigen lässt. Tropisch-feuchte Luft schlägt dir mit Wucht entgegen. Ein Mann zieht dich zu sich aufs Motorrad. Der Wald fällt über euch zusammen.

Am Rand einer schlammigen Piste entlang schlagt ihr euch durch bis zu einer Handvoll ärmlicher Hütten. Ringsherum tropische Vegetation. Du erkennst die weiß schimmernden Stämme von Kakaobäumen. Viele Augenpaare blicken dich an, aus den Gesichtern von Männern, Frauen, Kindern. Ein Mann löst sich aus der Gruppe und gibt dem Fahrer Geld. Dann mustert er dich von oben bis unten. Gut, sagt er, und seine Sprache klingt fremd.

Ihr streift durch die kleine Plantage. Es ist Anfang Dezember, die Haupterntezeit der Kakaofrüchte hat begonnen. Alle helfen mit: der

Bauer, seine Brüder und Schwestern, seine Frau, seine Töchter. Und etliche Jungen. Neben dir arbeitet ein Mädchen. Immer wieder leuchtet ihre bunte Kleidung zwischen den Bäumen auf. Eine grüne Hose trägt sie und ein verschmiertes orangefarbenes Trikot. Vor euch laufen der Bauer und größere Jungs. Sie klopfen prüfend gegen die gelblichen, rötlichen oder violetten Früchte. Lange Holzstangen stemmen sie in die Baumkronen, setzen mit der gebogenen Klinge am Stiel der Früchte an. Ein schneller Schnitt, ein kurzer Ruck und die reife Frucht fällt mit einem dumpfen Schlag zu Boden. Ihr sammelt die Früchte ein. Von morgens bis abends, hundertmal, tausendmal, bückt ihr euch. Auf schmalen Schultern tragt ihr Körbe voll mit reifen Schoten zum Sammelplatz. Schon bald schmerzt dein Rücken. Du atmest schwer, wischst dir den Schweiß aus dem Gesicht. Das leuchtende Mädchen ist plötzlich ganz nah neben dir. Wie heißt du?, fragt sie dich. Boukari, antwortest du. Boukari, wiederholt das Mädchen, und du vernimmst seit langem das erste Mal wieder deinen Namen. Ich heiße Bintou, sagt das Mädchen, in der seltsamen Sprache, und grinst breit. Du hebst deinen Korb an und ächzt dabei leise. Schweiß rinnt über dein Gesicht. Bintou neben dir leuchtet. Das ist leichte Arbeit, sagt sie.

Du sitzt vor der Arbeiterhütte und schaufelst gierig das Abendessen in dich hinein. Verstohlen musterst du die anderen Jungs. Mit den meisten stimmt irgendwas nicht. Da ist Moahés, kaum älter als du, mit dem seltsam aufgequollenen Gesicht. Ein Ausschlag überzieht seinen Körper, seine Augen sind rot. Da ist Mathis, der mit 15 schon eine Glatze hat. Ebo mit seiner nässenden Wunde am Bein. Da sind Bernard und Kollo, schließlich, deren Rücken ganz krumm sind. Ihr Jungen bewohnt eine kleine Hütte. Auf Jutesäcken schlaft ihr, zu zehnt im Raum. Sehnsüchtig schaust du hinüber zu Bintou, die ein Stückchen weiter bei ihrer Familie sitzt. Sie lehnt sich an ihre Mutter und leuchtet.

Dein junger Rücken beugt sich unter der Last, deine Knie zittern. Auf dem Sammelplatz leerst du den Korb mit den reifen Schoten. Zu einem gewaltigen Berg sind die Kakaofrüchte aufgehäuft. Ein paar Männer, Frauen, Kinder kauern am Boden. In der einen Hand halten sie die Frucht, während die andere dicht neben ihren Fingern die Machete niederfahren lässt. Eine kurze Drehung der Klinge, und die Frucht springt auf. Mit der Spitze der Machete kratzen sie das glänzend weiße, klebrige Fleisch heraus, das die Kakaobohnen umhüllt. Korb für Korb schüttet ihr auf den Berg, Frucht für Frucht nehmen die Hände auf, von Sonnenaufgang bis Sonnenuntergang, Tag für Tag, Woche für Woche.

Bintou und ihre Familie bewohnen zwei Hütten. Davor trocknen die Kakaobohnen in der Sonne. Manchmal schleicht sich Bintou zu dir und bringt dir Essen. Sonst gibt es nur Brei, morgens und abends, aus Mais oder Hirse oder verschiedenen Wurzeln. Immer bist du hungrig. Stolz klopft sich Bintou auf die Brust, deutet auf das grün-weiße Emblem auf ihrem Fußball-Trikot. Die Elefanten, sagt sie, die ivorische Nationalmannschaft, in der Schule habe ich auch Fußball gespielt. Mit leuchtenden Augen schaut sie dich an. Nach der Ernte, strahlt sie, nach der Ernte darf ich wieder zur Schule. Nur die Schule bringt uns hier raus, sagt sie, nur die Schule macht uns satt, das hat mein Papa gesagt.

Du hilfst beim Fermentieren. Das weiße Fleisch aus den Kakaofrüchten breitet ihr auf großen Bananenblättern aus. Mit einer weiteren Blätterschicht deckt ihr die Masse zu. Fünf, sechs Tage liegen die Kakaobohnen zwischen den Blättern. Das Fruchtfleisch wird flüssig in dieser Zeit und verdampft. Zurück bleiben die kostbaren braunen Bohnen. Bernard und Kollo scharren die Bohnen in Säcke. Stöhnend wuchten sie sich 50-Kilo-Säcke auf ihre krummen Rücken und schleppen sie zu den Hütten. Ihre Beine zittern, bereit unter der Last nachzugeben.

Barfuß steht Kollo auf der Plane und entleert den Sack. Die Mädchen und Frauen beugen sich tief und verteilen die Kakaobohnen auf den Matten. Nach dem Fermentieren müssen sie jetzt trocknen. Auch deine Hände breiten die Bohnen aus, streichen sie zu einer dünnen Schicht, die in der Sonne trocknen kann. Du siehst Bintou Schulter an Schulter mit ihrer Mutter und denkst an deine Familie, die unerreichbar ist.

Laute Stimmen schallen zu dir hinüber. Du erkennst Bintou und ihren Vater. Gesprächsfetzen dringen an dein Ohr, Arbeit, Sklaven, hörst du, Geld. Heftiges Gestikulieren. Das leuchtende Mädchen weint. Später sitzt ihr zusammen. Ich geh nicht wieder zur Schule, sagt Bintou, wir haben nicht genug Geld. Kakao bringt nichts ein, sagt sie, kein Geld für den Arzt, für Arbeiter, für die Schule. Kakao macht müde, hungrig, krank. Nichts an Bintou leuchtet mehr.

Es ist Juni. Die Nebenernte ist im vollen Gang. Zwölf Jahre bist du jetzt alt, bereit für die schwere Arbeit. Im Kreis der anderen sitzt du. In einer Hand hältst du die reife Schote, in der anderen die Machete. Geschickt lässt du die Klinge auf die Frucht niedersausen, dicht neben deine Finger. Korb für Korb bringen die Kinder von der Plantage. Frucht für Frucht nimmst du auf und befreist die kostbaren Bohnen. Bintou schält sich aus dem Wald, unsichtbar fast in ihrem grün-braunen Kleid. Für einen winzigen Moment fängt sie deinen Blick, dann schlägt sie die Augen nieder. Du träumst dich fort von hier. Möchtest den Kakaobohnen folgen auf ihrem Weg nach Abidjan. Der Millionenstadt, in der man reich werden kann. Möchtest ihnen folgen auf die Schiffe in die weite Welt. In der einen Hand hältst du die Frucht, während die andere die Machete niederfahren lässt.

Marie weint noch immer. Tröstend wiegt ihre Mutter sie im Arm. Das ist doch nicht so schlimm, sagt sie, das bisschen Blut. Wenn du heiratest, ist das wieder gut. Komm, iss noch ein Stück Schokolade.

Die Suche nach Karthago

Von vorn sieht der Gare de Sousse fast westlich aus. Mit weiß getünchter Fassade und blauen Fenstern leuchtet er uns entgegen. Auf dem Bahnsteig dann löst sich das westliche Antlitz in Afrikas heißem Atem auf. Ein einzelner Schienenstrang führt aus der Stadt zum Bahnhof quer über die belebte Straße. In Richtung Norden verliert sich der schief gepflasterte Steig nach ein paar Metern im Sand. Gelassen warten die Reisenden auf den Zug. Sitzen mit geschlossenen Augen auf Kisten oder Klappstühlen oder direkt auf dem Boden. Ein verwaister Kiosk. Ein Verkehrsschild ohne Pfeiler, gelehnt an einen Haufen Steine. Langsam schiebt sich der Schnellzug nach Tunis mitten durch die Stadt auf uns zu. Als der Zug hält, kommt Bewegung in die Menge. Menschentrauben scharen sich um die Türen. Wir lassen uns in den Wagen drücken. Schieben uns zwischen Menschen und Kisten zu den Abteilen durch. In einem scheint ein bisschen Platz zu sein und wir öffnen die Tür. Fünf, sechs Augenpaare starren uns an.

Wir sind die einzigen Europäer im Abteil. Die anderen rücken zusammen, um uns Platz zu machen. Die Blicke der Tunesier tasten uns fragend ab. Karthago, sage ich, we are looking for Karthago. Durch Vorstädte nördlich von Sousse geht die Fahrt zuerst. Überall Müll, mal auf größere Haufen gekarrt, mal verstreuter Unrat, Flaschen, Tüten, Planen. Einzelne Industrieansiedlungen, dann endlich offenes Land. Schönes, hügeliges, von der Sonne geküsstes Land. Weite Felder mit Getreide und Weidegräsern, erst wenige Zentimeter hoch. Olivenhaine mit knorrigen Bäumen. Die Ernte hat begonnen. Frauen pflücken die Oliven vorsichtig mit der Hand und sammeln sie auf Netzen, die unter den Bäumen ausgebreitet sind. Immer wieder kleine Ansiedlungen dazwischen, einfache Häuser auf freiem Feld. Je näher wir Tunis kommen, desto grüner wird das Land.

Durch Vorstädte und Industrieviertel schlängelt der Zug sich Richtung Hauptbahnhof. Die Tunesier beginnen, ihre Sachen zusammenzusuchen. Aus den Gepäckfächern, seitlichen Netzen, sogar unter den Sitzbänken ziehen sie Kartons und Kisten hervor. Im Zentrum von Tunis steigen wir aus. Schlendern die Avenue Farhat Hached entlang und biegen links ab. Erreichen den großen Platz mit dem Uhrenturm mitten im Kreisverkehr. Tunis, Stadt der Gegensätze, Springbrunnen, moderne Häuser, belebte Straßen, viele Männer, wenige Frauen, verhüllt zumeist. Orientalische Düfte und Gestank nach Abgasen. Junge Mädchen, Studentinnen vielleicht, europäisch gekleidet, mit langen offenen Haaren. Benebelt von dieser Stadt erreichen wir die Station Marine der Vorortbahn.

Wir widerstehen der Versuchung auszusteigen. Carthage Byrsa, Carthage Dermech, Carthage Hannibal lässt unsere TGM-Bahn hinter sich. Und weitere Stationen, die den verlockenden Namen tragen. Später, sagst du, erstmal Sidi Bou Said. Karthago heben wir uns bis zum Schluss auf. Ich schiebe dennoch eines der schmalen Seitenfenster runter und lehne mich raus. Will den Ort sehen, der einer der bedeutendsten der Antike war, will seine Atmosphäre inhalieren. Und ich spüre nur frischen, ein wenig salzigen Wind. Und sehe nichts als weiße Villen, prächtige Gärten, Zypressen, Pinien, perfekte kleine Wege. Ja, antworte ich, und schließe das Fenster, wir schauen später. In Sidi Bou

Said steigen wir aus. Der kleine Ort, in den Reiseführern gepriesen als Künstlerort, als St. Tropez Tunesiens, im Sommer eingenommen von Touristen, ist zu dieser Jahreszeit seltsam leer. Blau-weißer Märchenort, dessen Bewohner verborgen sind, irgendwo jenseits der Zäune und Hecken, in den prunkvollen maurischen Villen. Die im Reiseführer beschriebenen Cafés sind verwaist. In einer Nebenstraße spüren wir schließlich ein Lokal auf, das geöffnet hat. Unten ist niemand zu sehen. Über eine Wendeltreppe betreten wir den oberen Raum und stehen in einer üppig möblierten Stube. Dicke Teppiche auf dem Boden, dunkel gerahmte Bilder an den Wänden, getäfelte Decke und eng beieinanderstehende kleine Tische. Ein Mann kommt die Treppe hinauf. I'm Aaraam, sagt er und lächelt uns an. Meine Frage nach der Toilette scheint ihn zu irritieren. Follow me, sagt er dann und ich folge ihm die Treppe hinunter. Er verschwindet kurz in einem weiteren Zimmer und kommt mit einem Schlüssel zurück. Follow me, sagt er wieder und schließt mir eine kleine Tür auf. Uns wird klar, dass auch dieses Restaurant eigentlich geschlossen hat. Wir fühlen uns wie Eindringlinge, die ungefragt in einer fremden Wohnung sitzen. Doch Aaraam ist so freundlich, dass wir es wagen zu bleiben. Eine Stunde später dampfen Spaghetti und Hammelfleischbällchen auf unserem Tisch.

Und jetzt endlich Karthago, sagst du. Ja, was davon noch übrig ist, antworte ich und wir steigen wieder in die TGM-Bahn. Einige Stationen fahren wir zurück in Richtung Tunis. Unsicher stehen wir an der Tür, an jeder der vielen Carthage-Stationen bereit auszusteigen. Laut Reiseführer sind die Ausgrabungsstätten des punischen, des römischen und des frühchristlichen Karthagos weitläufig verstreut. Bei Carthage Hannibal springen wir im letzten Moment aus der Bahn. Aus dem fast weiß betonierten Bahnsteig wachsen dünne blaue Säulen, die die Last eines gewölbten Daches tragen. Wir halten einen Moment inne. Ich lasse den Ort auf mich wirken, rieche, fühle. So hatte ich mir Karthago nicht vorgestellt. Wir verlassen den Bahnsteig. Draußen sieht es aus wie in Sidi Bou Said. Menschenleere, saubere kleine Straßen, große Gärten und weiß leuchtende Villen hinter dichten Hecken. Eine Viertelstunde laufen wir durch den Ort, ohne auf Spuren der Vergangenheit zu stoßen. Noch immer sind kaum andere Menschen zu sehen. Kein Tourist weit und breit, der darauf schließen ließe, den Ausgrabungsstätten näher zu kommen. Wir hätten doch die geführte Bustour machen sollen, sage ich. Du runzelst die Stirn und schüttelst stumm deinen Kopf. Endlich, an der Avenue des Thermes d'Antonin, stoßen wir auf ein Schild, das uns den Weg zum Archäologischen Park weist. Wir folgen dem Schild in Richtung Meer. Plötzlich, aus heiterem Himmel, stürmen zwei bewaffnete Soldaten auf uns zu. Sie machen uns klar, hier nicht weiterzugehen. Hinter der hohen weißen Wand rechts, verstehe ich, ist der Palast von Staatspräsident Ben Ali. Und weit und breit kein Karthago. Den richtigen Weg zu den Antoninus-Pius-Thermen finden wir ein Stück weiter unten. Hier parken auch zwei Touristenbusse. Obwohl du dich immer noch sträubst, stelle ich mich vorsichtig in die Nähe einer geführten Gruppe und schnappe ein paar Worte des Guides auf. Das punische Karthago, die Keimzelle, die Byrsa, haben wir scheinbar immer noch nicht gefunden. Ich dränge mich durch die Gruppe durch zum Guide. The Byrsa, fragte ich, were can we find the Byrsa?

Auf einem Schleichpfad erklimmen wir den Byrsa-Hügel, ehemals Zentrum des punischen, aber auch des römischen Karthagos. Oben thront die Kathedrale des Heiligen Louis, laut Reiseführer erbaut um 1890. Einen herrlichen Blick haben wir von hier, bis hin zum Hafen La Goulette. Wir schließen uns einer kleinen Touristengruppe an. Mit Hilfe des Guides suchen wir sie: die letzten Reste punischer Ruinen unter dem römischen Schutt.

Das ist es nun, sagst du, das ist es, was übrig ist vom großen Karthago, ein paar alte Steine. Alle Spuren des Glanzes, der Schönheit dieser Stadt sind verschwunden.

Nur ein paar Steine.

Auf dem Grat

Wir bekommen wieder einen neuen Bergführer. Er hat nur noch einen der Franzosen dabei und wirkt nervös. I hope you are better, sagt er, und dass er den anderen Franzosen aus seiner Seilschaft ausgeschlossen habe. In einer dunklen Blechhütte solle der warten, bis die ersten wieder vom Berg herunterkommen. Wir seilen uns an und betreten den vereisten Grat. Ein Sturz in diesem steilen Abschnitt kann vom Seilpartner kaum gehalten werden. Wenn du hier stürzt, sagt Maja, fällt entweder die gesamte Seilschaft oder sie hält dich. Tief gestapfte Spur, wenige Zentimeter daneben geht es steil bergab. Ich schaue nicht nach links, nicht nach rechts, nur vor die Füße, setze einen Schritt vor den anderen, benutze den Pickel, steige quasi auf Händen und Füßen bergauf. Nicht ausrutschen, sage ich mir, nicht danebentreten, wenn du stürzt, fällt die gesamte Seilschaft.

Klar kommst du mit, hatte Maja gesagt, wir melden uns da an, du kommst mit, wie in alten Zeiten. Du spinnst, antwortete ich und versuchte, mich auf meine Entwürfe zu konzentrieren.

Sie waren genauso schlecht wie am Abend zuvor, unoriginell, langweilig. Keine Idee über Nacht. Ich hatte keine drei Stunden geschlafen. Anna hatte Durchfall. Zweimal hatte ich das Bett neu bezogen, die Wäsche eingeweicht, meine schreiende, verdreckte Maus in die Wanne gestellt. Sie abgeduscht, ihr Tee gekocht, ihren Bauch massiert und war zum Schluss neben ihr eingeschlafen. Ben steckte früh seinen Kopf rein, muss los, sagte er, bis heute Abend, und hauchte uns einen Kuss zu. Ich doch auch, rief ich, ich muss auch los. Doch da war er schon weg.

Lass mal sehen, hatte Maja gesagt, sich über meinen Bildschirm gebeugt und sich durch die Entwürfe geklickt. Das hier geht doch, sagte sie, wenn du das etwas schiebst, und mach die Fläche hier größer, das dort lieber grau, dann geht das erst einmal. Schick es raus, den Rest machst du später. Was ist los?, fragte sie, du bist doch gut, du warst die Beste, Burg-Stipendium, Förderpreis, was ist los? Nichts ist los, antwortete ich, nichts Besonderes, ich bin einfach müde.

Nach der Arbeit stieg ich ins Auto, um Anna von meinen Eltern abzuholen. Der Schmerz drückte wie ein Helm, legte sich wie ein enges Band um meinen Kopf. Meine Augen tränten, mir war schlecht. Nur keinen Unfall jetzt, dachte ich. Versicherung, Werkstatt, keine Zeit dafür. Konzentriere dich, sagte ich zu mir selbst, reiß dich bloß zusammen, und kurbelte das Fenster runter. Papa liegt im Bett, sagte meine Mutter und deutete auf die geschlossene Schlafzimmertür, er hat nichts drin behalten heute. Morgen geht es wirklich nicht, tut mir leid.

Die Wohnung sah so chaotisch aus wie ich sie verlassen hatte. Anna hatte immer noch Bauchweh und quengelte. Ich hatte sie in ihr Zimmer gebracht und ein Hörspiel angestellt. Wollte die Küche aufräumen und Abendbrot machen. Keine drei Minuten später rief Anna nach mir. Ihr Spielzeug-Pony hatte ein Bein verloren und ich sollte es operieren. Und dann war das Gatter kaputt und alle Tiere waren weggelaufen und die Scheune brannte. Jetzt lass mich doch mal in Ruhe, schrie ich entnervt, nur fünf Minuten. Sie sah mich groß an und begann zu schluchzen. Ich setzte mich neben sie und nahm sie in den Arm und wir weinten beide. So fand uns Ben vor, als er um halb acht nach Hause kam. Was ist denn hier schon wieder los?, fragte er.

Nachdem wir Anna endlich ins Bett gebracht hatten, setzte sich Ben an seinen Rechner. Ich muss noch was fertigmachen für morgen, sagte er. Morgen, antwortete ich, morgen musst du zu Hause bleiben. Ich kann nicht schon wieder fehlen. Und Krankentage für Anna habe ich sowieso kaum noch. Zehn Tage sind nichts.

Und deine Eltern?, hatte Ben gefragt. Die fallen aus, mein Vater hat sich angesteckt. Deine Mutter könnte doch ..., fing er an und sah meinen Blick und verschluckte den Rest. So oder so, sagte er, ich kann nicht. Wir müssen ausliefern. Ich kann meine Kollegen nicht hängen lassen. Aber uns, fauchte ich ihn an, uns kannst du hängen lassen.

Absteigende Seilschaften kommen uns entgegen. Viel zu schmal, viel zu schmal, wie soll ich denn hier noch ausweichen? Der Höhenwind ist immer stärker zu spüren, droht uns regelrecht vom Grat zu fegen. Dabei müssen wir bewegungslos warten, um die Absteigenden vorbeizulassen. Viel zu schmal, denke ich. Aber dann geht es doch.

Zum Glück war Anna am nächsten Morgen wieder halbwegs fit. Wenn was ist, rufen Sie an, hatte ich im Kindergarten gesagt und den ganzen Tag wie auf Kohlen gesessen. Auf Abruf. Jederzeit bereit, sie abzuholen. Und das Gewissen nagte, ratter, ratter, Arzttermine, Deadlines, ratter, ratter, Einkaufslisten, Rechnungen, ratter, ratter.

Europaweit ausgeschrieben, sagte der Chef und warf uns den Anzeiger auf den Tisch, lasst euch was einfallen. Dass wir zum Pitch geladen werden, ist das Mindeste, was ich erwarte. Früher sind mir sofort Ideen gekommen, früher habe ich abends zu Hause weitergemacht, früher bin ich sogar nachts aufgestanden und habe skizziert. Und früher war ich morgens trotzdem nicht müde. Früher. Inzwischen ging nichts mehr. Quatsch, sagte Maja, du machst dir nur Sorgen um deine Süße. Tatsächlich dachte ich dauernd an Anna, starrte das Telefon an und nahm mir vor, sie ganz früh abzuholen.

Im Ernst, hatte Maja am nächsten Tag gesagt, lass uns das machen. Die eine Woche wird Ben doch mal klarkommen. Und die Omas und Opas, die euch jahrelang Enkel in den Bauch gequatscht haben. Dann müssen die halt mal ran. Die eine Woche, sagte sie, das muss doch gehen. Wirst sehen, du kriegst den Kopf wieder frei auf dem Berg.

Das geht nicht, hatte Ben gesagt, als ich am Abend mit ihm darüber sprach. Das geht nicht. Definitiv. Und so wie jetzt geht es nicht weiter, antwortete ich. Es muss sich etwas ändern. Die eine Woche. Und die Wochen danach. Und die Monate, die Jahre. Um ein Kind großzuziehen, hatte meine Oma früher immer gesagt, um ein Kind großzuziehen, braucht es ein ganzes Dorf.

Ich schaue nicht nach links, nicht nach rechts, setze einen Schritt vor den anderen, steige auf Händen und Füßen bergauf. Mit dem rechten Fuß rutsche ich plötzlich ab, bekomme keinen Halt mehr, rutsche. Rutsche. Wenn du stürzt, hat Maja gesagt, fällt die gesamte Seilschaft. Oder sie hält dich.

Töchter des Hauses

Schau, sagst du, und schiebst mir ein Foto zu, schau, wie jung er war, fast noch ein Kind. Er trägt eine Uniform auf diesem Portrait, mit dem Wehrmachtsadler über der rechten Brusttasche. Und dies hier, sagst du, dies haben wir in seiner Villa am See gemacht. Sechzehn Jahre alt war ich da. Ein paar Jahre später wurde die Mauer gebaut. Ich betrachte das Foto. Mein Opa, jung, dunkelhaarig, verschmitzt grinsend, hat nur wenig Ähnlichkeit mit dem weißhaarigen Mann, dem ich drei-, viermal im Leben begegnet bin. Und du, du bist so jung auf dem Bild, so hübsch, so naiv. Dein Vater legt seinen Arm um deine Schulter, und du strahlst in die Kamera. Und ich stelle mir vor, wie dieses junge Mädchen im Zug sitzt, auf seiner ersten großen Reise, ganz allein. Immer wieder siehst du auf den Fahrplan, den deine Mutter dir aufgeschrieben hat. Vier Stunden Fahrt zuerst. Drei Stunden noch. Zwei. Auf jedem Bahnhof siehst du aus dem Fenster.

Ich habe versucht, die Schilder zu lesen, erzählst du, zu erkennen, in welcher Stadt der

Zug gerade hält. Wie viel Zeit noch bleibt. Irgendwann sahen die Bahnhöfe anders aus, bunter, fremder. Einerseits wünschte ich mir, Mutti oder Heinz wären bei mir. Dann hätte ich nicht solche Angst gehabt, einzuschlafen und die Station zu verpassen. Andererseits wollte ich den Moment mit keinem teilen, wenn ich meinem Vater das erste Mal begegne. Wie würde er sein? Ich war mir ganz sicher, ihn zu erkennen, wenn er auf dem Bahnsteig stehen und mir zuwinken würde. In meinen Gedanken hatte ich ihn so oft gesehen. Dem kindlichen Gesicht auf Muttis Foto ist ein Körper gewachsen, der auf mich zuläuft, mich in seine Arme schließt. Was ich mir überhaupt nicht vorstellen konnte, war seine Stimme. Unsere erste Begegnung war so oft wie ein Film vor meinem inneren Auge abgelaufen, doch gesprochen hatte mein Vater in diesen Filmen nie. Ich freute mich auf seine Stimme.

Eigentlich ist Heinz mein Vater. Irgendwann hatte ich aufgehört, ihn Papa Heinz zu nennen. Wie ich aufgehört hatte, meine Mutter Mama zu nennen. Bei Heinz war es anders. Das Zögern, der winzige Moment von Unsicherheit in seinem gutmütigen Gesicht, als ich darum bat, ihn

Heinz nennen zu dürfen. Hastig weggewischt von den vertrauten Zügen, bevor ich meine Frage ungefragt machen konnte.

Als wir endlich in den Bahnhof einfuhren, stand ich schon fertig angezogen im Gang. Durch das Fenster versuchte ich, draußen im Menschengewühl einzelne Gesichter zu erkennen, auf der Suche nach dem einen. Zögernd stieg ich die Stufen hinab, betrat den Bahnsteig der fremden Stadt, im fremden Land. Stand für Minuten wie gelähmt. Eine große, hagere Frau kam schließlich auf mich zu, die schmalen Lippen zu einem Lächeln gekrümmt. Du bist Christel?, fragte sie. Ich nickte schüchtern, nicht begreifend. Mein Mann, sagte sie, fügte dann, wohl meinen fragenden Blick deutend, hinzu: dein Vater, hat einen wichtigen Termin. Du siehst ihn nachher. Komm, ich bin Tante Gerda. Mit der linken Hand mich, mit der rechten Hand meine Tasche greifend, zog sie mich energisch Richtung Ausgang. Schob mich in ein wartendes Taxi, gab dem Fahrer Anweisungen.

Wir hielten an einem Kaufhaus mit grell beleuchteten Schaufenstern und Puppen, die Sachen trugen, wie ich sie nur aus dem Fernsehen kannte. Die klimatisierte Luft, die fremden Düfte, all das überwältigende Bunt um mich herum machten mich ganz benommen. Tante Gerda schob mich in das Kaufhausrestaurant. Drückte mich auf einen Stuhl, stellte meine Tasche daneben ab. Nahm ein Tablett vom Stapel, holte uns Brause und Kuchen. Dann begann sie leise und bestimmt zu sprechen. Dass keiner hier wisse, dass ich die Tochter ihres Mannes sei. Und dass es auch keiner wissen dürfe. Auch die Familie nicht. Und meine kleine Schwester? Und die Oma? Ich hatte mich so gefreut... Mit einer scharfen Handbewegung schnitt Tante Gerda jedes weitere Wort ab. Sie würden mich als Tochter eines gefallenen Kriegskameraden vorstellen. An dessen Stelle sich mein Vater meiner annähme. Ich aß den Kuchen und nahm mir vor, einfach abzuwarten. Vielleicht stellte sich das hier als ein großer Irrtum heraus.

Als wir am Haus meines Vaters ankamen, war es doch ein bisschen so, wie ich es mir vorgestellt hatte. Mein Vater stand im Eingang, lächelte freundlich, fasste meine Hände. Lass dich ansehen, Christel, und leiser: Kind. Wie war die Fahrt?, komm rein.

Tante Gerdas Tochter Ingrid war etwa so alt wie ich und half mir beim Auspacken. Sie war nett und interessierte sich für mich. Fragte und fragte. Wie es sei bei uns drüben. Ganz unten in der Tasche lag die Puppe für meine kleine Schwester. Ingrid brachte mich zu ihr. Gerlinde war sechs, hatte zu Zöpfen gebundene blonde Locken, und ich hatte sie sofort lieb. Sie war kein bisschen schüchtern. Ließ sich von mir streicheln und umarmen. Ich nannte sie Linda, das passte zu ihr. Der neue Name gefiel ihr. Sie drehte sich im Kreis, übermütig, klatschte in die Hände, rief: Linda, Linda. Linda, schmunzelte Ingrid, na das lass mal nicht unsere Mutter hören.

Außer der Familie lebte im Haus noch Frau Schöne. Länger schon als Tante Gerda. Tante Gerda nannte sie die Zugehfrau. Frau Schöne servierte das Abendbrot in einem großen, lichtdurchfluteten Raum mit wunderschönen Möbeln. In der Mitte stand ein riesiger Holztisch, an dem mindestens zehn Menschen Platz hätten. Mich erinnerte die Szenerie an meine Theatergruppe in der Schule. Wenn wir uns nach dem Proben zusammengesetzt hatten, gelacht, mitten in der noch aufgebauten, steifen Pappkulisse. Hier war es umgekehrt. Die Kulisse warm und freundlich. Hölzern und stumm die Akteure. Selbst Linda kaute wortlos auf den Teller blickend vor sich hin. Hantierte dabei geschickt mit dem Besteck, während ich immer wieder zu Ingrid schielte, um in der gleichen Folge wie sie Löffel, Messer, Gabel auszuwählen. Mein Vater saß mir gegenüber. Manchmal, wenn unsere Blicke sich trafen, lächelte er.

Die Tage in der fremden Stadt vergingen schnell. Ingrid zeigte mir ihre Lieblingsgeschäfte und staffierte mich aus. Einmal nahm sie mich abends mit zu ihren Freunden. Die Kriegskameraden-Geschichte glaubte sie nicht. Sie dachte, ich wäre ihre Stiefcousine. Die Tochter vom Bruder meines Vaters. Der sowas wie das schwarze Schaf der Familie wäre, schwarz genug für ein uneheliches Kind.

Mit Linda badete ich oft im See. Meine liebe kleine vertraute, fremde Schwester. Manchmal entdeckte ich Züge an ihr, die ich von mir selber kannte. Die Marotte zum Beispiel, keinen anderen aus dem eigenen Glas trinken zu lassen. Jeden Tag, wenn sie Linda aus der Vorschule abholte, nahm mich Tante Gerda mit. Ausgelassen begrüßte meine Schwester mich. Sprang wie ein Äffchen an mir hoch und klammerte sich an meinem Hals fest. Bis der feste Griff von Tante Gerda sie ins Auto schob.

Außer mit Linda war ich am liebsten mit Frau Schöne zusammen. Morgens, wenn mein Vater schon ins Büro gefahren war und die anderen noch schliefen, saßen wir zusammen in der Küche, tranken Tee und plauderten. Sie wusste, wer ich bin. Drängte jeden Morgen: Bleib hier. Du wirst doch nicht zurück wollen in die Ostzone? Dein Vater ist reich, weißt Du.

Mein Vater. Ihn hatte ich nicht eine Stunde für mich allein gehabt. Heute würde das nicht anders werden. Denn heute wurden Gäste erwartet. Wichtige Gäste. Wir wurden ihnen vorgestellt. Das sind Ingrid und Gerlinde, die Töchter des Hauses. Und das ist Christel, Besuch aus der Zone. Ich ignorierte Frau Schönes Gib's-ihnen-Blick und lächelte. Spielte sie gut, meine Rolle als dankbare Besucherin.

Viel später an diesem Abend saß ich draußen auf der Bank am See. Irgendwann kam mein Vater, nahm neben mir Platz. Minutenlang blickten wir auf das Wasser, schwiegen. Ich muss wieder rein, sagte er dann. Morgen, morgen fahren wir zu deiner Oma. Nur wir beide. Sie soll erfahren, dass du auch ihre Enkelin bist.

An diesem Tag, sagst du, und schaust mir in die Augen, an diesem Tag hat Frau Schöne das Foto gemacht. Erneut schiebst du mir das Foto zu und ich sehe, wie alt deine Hände geworden sind. In Gedanken verloren, betrachtest du das Schwarz-Weiß-Foto, und mein Blick folgt deinem und fällt auf den schmucken jungen Mann und auf das Mädchen, voller Vorfreude in die Kamera lächelnd. Im Hintergrund hohe Bäume.

Ein Park umgab das Altersheim, fährst du schließlich mit deiner Erzählung fort. In der Eingangshalle stand zwischen Palmen und anderen exotischen Pflanzen eine Vogelvoliere. Mein Vater und ich setzten uns zu den Vögeln und warteten, bis die Rezeptionistin uns zur Oma brachte. Oma Christine. Ich sah sie an und sah mich. Nur viel älter. Meine Lippen. Meine Augen. Doch irgendetwas stimmte nicht mit ihr. Sie sah gepflegt aus, war makellos frisiert, trug schicke Kleidung. Aber etwas irritierte mich. Das ist Christel, sagte mein Vater. Sie ist auch mein Mädchen. Deine Enkelin. Oma Christine begrüßte mich, freundlich lächelnd. Gerlinde, strahlte sie, groß bist du heute, Gerlinde. Ihr Blick schweifte ab, wurde leer. So schönes Wetter, kein Grund zum Weinen. Wer sind Sie, junge Dame? Manchmal, manchmal ist sie wie früher, sagte mein Vater. Doch die klaren Momente sind selten geworden. Verzeih. Den Rest der Fahrt schwiegen wir.

Noch am letzten Morgen wollte Frau Schöne mich zum Bleiben überreden. Fahr nicht, sagte sie, wer weiß, ob sie dich nochmal herkommen lassen.

Sie brachten mich alle zum Bahnhof. Tante Gerda, bei der die Augen zum ersten Mal in das Lächeln der Lippen einstimmten. Ingrid. Mein Vater, wortlos wie in meinen Filmen, mit der weinenden Linda. Umarmten mich, drückten mir bunte Tüten mit Geschenken in die Hand. Winkten und winkten. Wurden kleiner. Verschwanden.

Die Bahnhöfe wurden wieder grau. Die wenigen Autos an den Schranken immer ähnlicher. Auch die Menschen. Wie vom selben Friseur gelegt, die Frisuren der Frauen. Meine Mutter. Mit ihren dauergewellten Haaren, ihrem alten

Mantel stand sie da. Unwillkürlich machte ich mich steif, als sie mich fest in ihre Arme schloss, Sekunden nur, lass doch. Bevor ich nachgab und mich an ihren weichen Körper schmiegte. Heinz nahm wortlos mit seinen großen, schwieligen Händen meine Tasche. Ich hakte mich unter bei meinen Eltern. Lasst uns nach Hause gehen.

Später, sagst du, und blickst an mir vorbei ins Leere, viel später, als meine kleine Linda erwachsen war, hat sie mir Briefe geschrieben. Sie hat die Briefmarken immer verkehrt herum auf die Umschläge geklebt. Und?, frage ich, das ist doch egal. „Leck mich am Arsch" heißt das, flüsterst du und wirst rot, „leck mich am Arsch". Ich war so traurig jedes Mal, so wütend. Irgendwann habe ich nicht mehr geantwortet.

Wie kamst du denn darauf?, frage ich in die Stille, wer hat dir denn so etwas erzählt? Meine Kollegen bei der Versicherung, antwortet sie, wir haben dort oft solche Briefe bekommen. Ich tippe „Briefmarkensprache" in eine Suchmaschine ein.

Schau Mama, sage ich, und zeige auf den Bildschirm. Schau, Mama, hier steht etwas ganz anderes, hier sind sogar Bilder: Eine Briefmarke verkehrt herum geklebt, heißt „Besuch mich bitte" oder auch „Ich erwarte dich". Das passt doch Mama, du hast so oft erzählt, dass eure Briefe geöffnet wurden, dann macht so ein Briefmarkencode doch Sinn. Du wirst blass. Ja, das macht Sinn, sagst du, das macht Sinn. Und Tränen kullern über dein fahles Gesicht.

Al fine

Es läutet an der Tür. Ich muss öffnen, sagt er. Keine - - fremden - - Leute, will ich sagen, doch aus meinem Mund quillt nur unverständliches Grunzen, nicht - - schon - - wieder, versuche ich Wort für Wort zu formen. Schritte nähern sich, dann packen mich große Hände. Ich - - will - - nicht - - fort, sage ich, doch die Worte kommen nicht. Nur grunzende, kehlige Laute. Ich will nicht weg, ich will hier bleiben, in meiner Wohnung. Doch ich kann nichts machen, als mich grobe Hände packen, drehen, heben, schließlich auf die Trage werfen. Ich bin hilflos, hilflos wie ein Baby.

Ich schaffe das nicht mehr, hat er geschluchzt, ich kann dich nicht heben, nicht auf die Toilette setzen, nicht aus- und anziehen, nicht ins Bett bringen. Ich schaffe das nicht mehr.

Angefangen hatte es mit dem rechten Bein. Die Treppe hinauf zu unserer Wohnung kam mir doppelt so lang vor. Mein Fuß blieb an den Stufen hängen, ich stolperte, das Knie schmerzte. Viele Arztbesuche. Arthrose, sagte der Spezialist, und verordnete mir teure Spritzen, Hyaluronsäure, sagte er, als er alle paar Wochen die Nadel injizierte, das schmiert Ihr Gelenk, Sie werden sehen, das wird dann besser. Nichts wurde besser. Nichts wird mehr besser. Zwei bis fünf Jahre im Durchschnitt, bis zum Ende. Al fine. Es kam die Hand dazu, zum Glück die linke, dachten wir damals.

Zählt diese Zeit eigentlich mit?, habe ich mich später gefragt, als sie mir die Diagnose stellten, zwei bis fünf Jahre, zählt diese Zeit mit?, Wochen, Monate, ein Jahr vielleicht, als ich von Arzt zu Arzt gelaufen bin, das Bein, die Hand. Das Zucken der Muskeln in den Armen, in den Beinen. Da war die Krankheit ja schon in mir. Der Gang, die Stimme. Ist wohl betrunken, die Alte, mögen die Nachbarn gedacht haben, als ich gestolpert bin und getaumelt, als meine Sprache schlurrend wurde. Seit wann zählt die Zeit?

Wir haben nicht ewig Zeit, sagen die Pfleger. Eben noch an der Wohnungstür, knallt die Trage an die Couch. Mit letzter Kraft rufe ich, - - H - - A - - N - - D. Was will sie?, fragen ihn die

Pfleger, was hat sie denn?, puterrot ist sie. Warten Sie, sagt er, und versucht, an meine neue Sprache gewöhnt, von meinen Lippen zu lesen. T - - A - - S - - C - - H - - E. Handtasche, sagt er, das ist es, ihre Handtasche möchte sie. Aber sicher doch, klopft mir eine Hand auf meine Schulter, die soll sie haben, keine Dame verlässt das Haus ohne ihre Handtasche. Sie schieben meinen rechten Arm ein Stück zur Seite und klemmen die Tasche zwischen Arm und Körper. Tragen mich aus meiner Wohnung. Er macht die Musik aus.

Wann habe ich zuletzt auf meinen eigenen Füßen die Wohnung, das Haus verlassen? Auf dem Weg zum Zahnarzt war das. Der Sohn und er haben mich gestützt. Mühsam sind wir die Treppe runter, Stufe für Stufe, jeder Schritt mehr Schieben als Schreiten, ins Auto verfrachtet, halb steif wie ich war. Dann wieder Treppen zur Praxis hoch. Habe auf dem Stuhl gelegen, der Speichel lief und lief, die Instrumente im Mund, wollte die Hand der Schwester wegschieben, etwas sagen, bekam keine Luft. War panisch, wütend – und lag ganz still.

Bewegungslos liege ich im Bett. Meinen Oberkörper haben sie etwas hochgestellt. Gegenüber sehe ich die klinisch weiße Wand, links steht ein Tisch, darum drei Stühle. Ein Hefter mit Listen liegt auf dem Tisch, darin tragen sie ein, wer mich wann in welche Richtung gedreht hat und wann ich ein Löffelchen Flüssigkeit zu mir genommen habe. Angedickt, versteht sich, rote Saft-Pampe, klare Wasser-Pampe, gelbe Tee-Pampe. Damit die Chance größer ist, dass sie im Magen landet und nicht in der Lunge. Neben den Listen steht der Rekorder, den er mitgebracht hat von zu Hause. Zu Hause. Unser Zuhause, jetzt nur noch seines. Er bringt Musik mit, jeden Tag, klassische Musik, die barocken Komponisten, Vivaldi, Bach. Und Händel und Telemann, der in unserer Stadt geboren ist. Mit den Kindern sind wir oft in seine Konzerte gegangen. Immer die gleiche Musik, jeden Tag die gleichen CDs. Das gefällt dir, ja?, fragt er, das beruhigt dich, und drückt schon wieder die PLAY-Taste. Da capo.

Nicht in fünf Jahren, nicht in zwei, nein, in wenigen Monaten, Wochen raffte die Krankheit mich dahin. Die Nervenzellen, die die Bewegungsimpulse übertragen sollen, von meinem

Gehirn zu den Muskeln, gehorchten nicht mehr. Am Wochenende schoben mich die Kinder in meinem Rollstuhl auf den Balkon. Schau mal, sagten sie, bald ist wieder Frühling, die Bäume knospen schon.

Ob es noch Winter ist draußen oder schon Frühling, macht hier keinen Unterschied. Das Fenster geht nach Norden, und ich sehe nur Himmel. Wenn sie mich überhaupt zum Fenster drehen. Eine einzige Pflegekraft für zehn Patienten. Wenig Zeit bleibt da. Händels Messias klingt aus dem Rekorder, Halleluja, das muntert dich auf, stimmt's? Er drückt noch einmal die PLAY-Taste. Da capo al fine, Halleluja.

Was hast du denn?, fragt er, du bist ja ganz rot, läuft raus und holt die Schwester. Komm Prinzessin, sagt diese und hebt die Decke, dreht mich zur Seite, nichts mehr zu wiegen scheine ich, beseitigt den Matsch, der auf meiner Windel liegt, reinigt meinen Hintern und dreht mich zurück auf eine frische Windel. Da capo. Ich kann mich selbst riechen, weiß, dass der Geruch nach Krankheit, Kot und Tod im Zimmer schwebt, unter die Tür kriecht, sich seinen Weg sucht in den Flur, sich dort mischt mit dem Mief der vielen Leute, die hier liegen, die meisten viel älter als ich.

Wieder keine Luft, Panik, ich ersticke. Der Rufknopf liegt so nah an meiner Hand, zwei Zentimeter vielleicht, und doch so unendlich weit. Ich will meine Hand bewegen, schiebe und schiebe, setze meine ganze Willenskraft ein. Und sie bewegt sich kein Stück. Keine Luft, ich ersticke. Von der Decke dreht sich etwas auf mich zu, dreht sich wie eine Bürste in der Autowaschanlage, dreht sich und kommt immer näher. Erdrückt mich. Alles wird schwarz.

Wir haben sie wieder, sagen weiße Menschen und hantieren hektisch um mich herum. Ich habe eine Art Maske über Mund und Nase. Im fremden Rhythmus bläst mir etwas mit Druck Luft in die Lungen. Zu - - viel - - Druck, will ich sagen, viel zu viel Druck. Doch durch die Maske kommen nicht einmal meine üblichen Laute. Alles im grünen Bereich, sagen die weißen Menschen. Geht es jetzt?, fragt mich einer, tätschelt meinen Arm und geht, ohne eine Antwort zu erwarten.

Stunde für Stunde, ich habe jedes Zeitgefühl verloren, bläst Luft heftig durch Nase und

Mund in den Rachen, drückt in die Lungen, drückt und drückt, bis sie die Lungenspitzen erreicht. Mit einem Rhythmus, der nichts mit meinem eigenen Atem gemein hat. Meine Lippen fühlen sich gesprungen an, trocken die Kehle, ich will die Maske abreißen. Und kann mich nicht bewegen. Still und hilflos liege ich auf dem schmerzenden Rücken, gefesselt vom eigenen Körper.

Wenn es nicht anders geht, denke ich, dann esse ich jetzt eben gar nichts mehr. Lange kann es nicht dauern bis zum Ende, so dürr, wie ich inzwischen bin.

Ich kann meine Frau doch nicht verhungern lassen, sagt er. Und die Ärztin gibt ihm recht, und die Schwestern nicken. Nur eine kleine Operation sei das, sagt die Ärztin, eine PEG-Sonde sei doch kein Ding. Eine kleine Magensonde sei das nur, direkt durch die Bauchdecke geschoben. Dann ernähren wir Ihre Frau, sie bekommt alles, was sie braucht.

Sehen sie, sagt die Ärztin eine Woche später, und lächelt ihn an, sie sieht doch schon viel besser aus. Richtig rosige Wangen hat sie. Das haben Sie richtig entschieden.

Über die Sonde fließt Nahrung in mich, gelbe breiige Paste, aus dem Beutel dort oben am Ständer, wird sie in mich hinein gepumpt, über die Sonde, direkt in den Magen. Fließt und fließt und fließt, wird mich am Leben erhalten, vorerst. Es geht von vorne los. Da capo al fine. Ich werde leben, muss leben, ein paar Monate, ein paar Wochen, ein paar Tage. Al fine.

FSC
www.fsc.org

MIX

Papier | Fördert
gute Waldnutzung

FSC® C083411

Zeitfracht Medien GmbH
Ferdinand-Jühlke-Straße 7
99095 Erfurt, Deutschland
produktsicherheit@kolibri360.de